ACADÉMIE FRANÇAISE.

DISCOURS

PRONONCÉS DANS LA SÉANCE PUBLIQUE

TENUE

PAR L'ACADÉMIE FRANÇAISE

POUR LA RÉCEPTION

DE M. DURUY

Le jeudi 18 juin 1885.

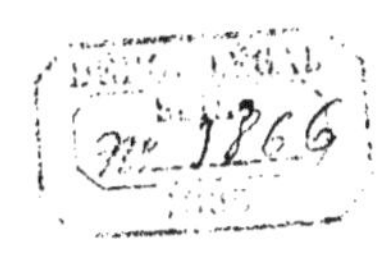

PARIS

TYPOGRAPHIE DE FIRMIN-DIDOT ET Cie

IMPRIMEURS DE L'INSTITUT DE FRANCE, RUE JACOB, 56

M DCCC LXXXV

ACADÉMIE FRANÇAISE.

M. Duruy, ayant été élu par l'Académie française à
la place vacante par la mort de M. Mignet, y est
venu prendre séance le jeudi 18 juin 1885, et a
prononcé le discours suivant :

Messieurs,

En m'appelant dans votre compagnie, vous m'avez
donné la charge de vous entretenir de l'éminent écrivain
qui, par son caractère et son talent, a, durant plus de
soixante années, honoré les lettres et nous-mêmes : tâche
austère, car la vie de M. Mignet, consacrée à l'art difficile
de l'historien philosophe, ne saurait être l'objet d'une
de ces brillantes expositions qui vous ont si souvent
charmés.

Né à Aix, le 8 mai 1796, M. Mignet appartenait à cette
France méridionale qui nous a envoyé, depuis un siècle,
tant d'orateurs, d'écrivains et d'hommes d'État pour gou-

verner nos affaires ou diriger nos esprits. Sa mère était
provençale, son père vendéen ; de sorte qu'il réunit les
qualités de ses deux pays d'origine : la ténacité de l'un,
les dons charmants de l'autre. Dans la Vendée, on aimait
encore les familles nombreuses : le grand-père de M. Mignet, que son petit-fils n'imita pas, avait eu huit enfants.
L'aîné hérita d'une étude de notaire, le dernier prit un mé-
tier, celui de serrurier, fit son tour de France pour voir et
pour apprendre, et s'arrêta dans la ville d'Aix. A Paris, il
avait travaillé au Champ-de-Mars pour les fêtes de la
Fédération ; à Aix, il suspendit dans sa chambre la *Déclaration des droits de l'homme et du citoyen*. Vous devinez dans
quel esprit il éleva son fils : et en songeant aux humbles
commencements de cette maison d'où sortit un homme
qui, dépourvu de toute ambition, arriva aux suprêmes
honneurs civils et à l'estime universelle, vous direz qu'une
société où toutes les portes sont ouvertes à ceux qui
mettent de l'ordre dans leur vie, de l'intelligence dans
leurs travaux, peut bien avoir des réformes à accomplir, —
il y en aura toujours, — mais qu'elle n'est point une société
à refaire.

L'Université aida à la fortune de M. Mignet, selon sa
mission qui est d'aller à la recherche des hommes. En
1809, des inspecteurs généraux, frappés de ses disposi-
tions, le firent admettre comme boursier au lycée d'Avi-
gnon, où ses succès lui valurent beaucoup de prix et un
grade militaire, celui de sergent-major, qui permettait alors
d'entrer dans un régiment avec le double galon. Durant
les Cent-Jours, il voulut réclamer un privilège, en ce
moment-là redoutable : sa mère s'y opposant, il lui obéit,

et puisqu'il ne pouvait se faire soldat, il se fit professeur :
c'est une autre milice. En 1815, il enseigna l'histoire
dans ce même lycée : déjà sa vocation se dessinait ; cependant, de retour à Aix, il suivit les cours de la Faculté de
droit et fut reçu avocat. Mais la muse qu'il aimait le dis-
puta aux *Pandectes;* lorsque l'Académie de Nîmes, proposa
un prix pour un sujet historique, il concourut et son
mémoire fut couronné. Dans ce premier essai il avait pris
la mesure de ses forces ; elles lui donnèrent la confiance
de se rendre, en 1821, à Paris, la ville de toutes les espé-
rances. Un autre inspecteur-général l'accrédita auprès de
Royer-Collard et Manuel, son compatriote, lui ouvrit la
rédaction du *Courrier français :* c'était entrer dans le monde
libéral ; il y est toujours resté.

Je ne vous dirai pas, Messieurs, les vaillants efforts de
M. Mignet pour se faire jour, ses premiers succès littéraires, cette autorité d'un maître conquise en pleine jeunesse, sa lutte contre la Restauration, à côté de l'homme
illustre qui fut son ami des premiers et des derniers jours ;
ses campagnes victorieuses à l'« Athénée », dans les
journaux et dans son *Histoire de la Révolution.* Le tableau
de la Restauration vous a été présenté vingt fois et de
façon magistrale ; il serait imprudent, à moi, d'y revenir.
Cependant, vous ne me pardonneriez pas d'étudier l'écrivain sans vous parler un instant de l'homme que vous avez
aimé si longtemps.

La nature, prodigue envers M. Mignet, lui avait accordé,
avec une intelligence supérieure, la beauté du visage et la
distinction de la personne. Vous le voyez encore arrivant
à vos séances, après une promenade dont chaque année,

dans les derniers temps, raccourcissait la longueur, et vous admiriez ce vieillard qui gardait tant d'élégance, comme s'il s'était dû à lui-même d'attendre la visite de la fiancée funèbre, avec quelques-uns des dons qui avaient fait sa jeunesse si charmante.

Dans ses livres, il est toujours grave, c'est une magistrature qu'il exerce ; mais dans l'intimité, il avait la gaieté aimable qui est la santé de l'esprit ; et il sut vivre quatre-vingt-sept ans : mérite rare qui permet d'accumuler l'expérience et les travaux. Durant cette longue existence que la maladie ne troubla jamais, il ne commit qu'une imprudence, celle qui nous l'a enlevé, lorsque, par une froide journée de mars, il alla chercher un pâle rayon de notre soleil parisien qu'il avait cru être déjà son soleil de Provence.

M. Mignet a donc été un homme heureux. Il le fut parce que, toujours maître de lui-même, il ne donna point de prise à la fortune contraire ; c'était un sage. Un jour, je lui demandai le secret de sa belle vieillesse, il me répondit : « Usez, n'abusez pas. » La modération fut, en effet, la règle de son esprit, malgré des convictions vigoureuses qui semblaient le destiner aux luttes ardentes. On dirait qu'il avait lu l'inscription écrite en lettres d'or au fronton du temple de Delphes : « Rien de trop », c'est-à-dire, en tout la mesure et l'harmonie.

Cette modération philosophique, M. Mignet la tenait de son caractère ; il la dut aussi à ses études. Les Lettres n'aident pas seulement à passer doucement la vie ; elles aident à bien vivre. L'histoire, en particulier, a une vertu d'apaisement qui mène à la justice. Elle calme les impatiences, en faisant voir que le temps est le grand ouvrier des choses humaines et elle chasse les terreurs puériles, en montrant, derrière nous, tant de blessés qui ont guéri, parce qu'ils n'ont pas voulu mourir. Pour juger les hommes, elle enseigne à tenir compte du milieu qu'ils ont traversé, des influences qu'ils ont subies, et elle reconnaît l'existence dans le monde moral de courants où, tout en restant maître de lui-même, le sage doit mettre sa pensée, comme le marin met son navire dans les grands fleuves océaniens qui mènent tranquillement au port.

Le courant du siècle portait aux institutions libres; M. Mignet s'y engagea résolument et, un jour, ce modéré joua sinon sa tête, au moins sa liberté, pour que la France ne reculât pas jusqu'au milieu des ruines d'institutions écroulées : en 1830, il signa la protestation des journalistes contre les Ordonnances ; ce fut le dernier gage donné par lui à la politique militante. Le succès assuré, il laissa l'action à un autre lui-même pour se réfugier dans les hautes régions de l'art et de la pensée. Macaulay raconte qu'un jour la fée de l'Histoire lui apparut et lui dit : « Vois passer les richesses et les plaisirs ; ils vont et viennent comme viennent et vont les flots de la mer. Laisse les aller et, au milieu de ces changements, fixe sur moi un ferme regard. » M. Mignet, lui aussi, a eu cette vision : son regard, du moins, ne se détourna plus de l'Histoire.

Après le triomphe, les libéraux de 1830 se distribuèrent, suivant l'usage, les dépouilles ; M. Mignet ne demanda rien et se contenta du poste modeste de Garde des archives étrangères. Ce n'était qu'un cabinet de travail, mais c'était aussi, pour l'historien, un incomparable trésor : toute la vie extérieure de la France, de Henri IV à la Révolution, était là.

Durant dix-huit années, ses amis et ses anciens compagnons d'armes remplirent les Chambres et le Gouvernement; ils furent ministres, ambassadeurs, pairs de France; M. Mignet resta Garde des archives. Mais tandis que beaucoup, après des éclats de paroles fugitives et une popularité éphémère, retombaient dans l'obscurité où, si souvent, la seule politique conduit, lui se préparait silencieusement à la gloire durable des lettres, et vous direz, Messieurs, qu'il avait pris la meilleure part. D'illustres amitiés, de hautes relations du monde, l'élégance de causeries s'égarant sur les sujets les plus divers et habituellement les plus élevés, le besoin de savoir et de comprendre, d'où naissent pour l'esprit les plus vives jouissances, suffisaient à cette intelligence tout à la fois délicate et sévère.

A l'âge où l'on reste encore dans l'ombre, M. Mignet s'était fait place au grand jour; et les suffrages les plus considérables consacraient sa jeune renommée. En 1832, il entre à l'Institut par la classe des Sciences Morales dont il devient bientôt le Secrétaire perpétuel, et, en 1836, vous l'appelez, Messieurs, dans votre Compagnie. Il a quarante ans à peine et il appartient à deux de ces Académies qu'il nomme « de glorieuses républiques fondées pour le service ou l'ornement de l'esprit humain; » mais il justifie ces choix par une succession d'œuvres qui l'établissent chef d'école, non pas celle de Thierry qui raconte, de Guizot qui analyse et formule, de Michelet qui devine et peint avec d'éclatantes couleurs; mais l'école de la froide raison qui juge sans dogmatiser et de l'art qui fait tout concourir à une vue nette de l'ensemble.

Je ne pourrai vous parler de tous les ouvrages de M. Mignet ; mais il est aisé d'en marquer le caractère : c'est l'élévation de la pensée. Le mot de Montaigne : « Il faut dédaigner les choses basses et terriennes pour les supérieures, » aurait pu être la devise de notre regretté confrère. Il regarde toujours en haut, et il se plaît aux grandes questions, avec raison, car, celles-ci résolues, le reste suit.

Malgré ses nombreux travaux sur les hommes et les choses de son temps, la patrie de sa pensée est le XVIᵉ siècle, un des plus grands de notre histoire, mais aussi pour l'historien un des plus difficiles à peindre, parce que la révolution est alors partout : dans l'Église et dans les croyances, dans les idées et dans les intérêts ; parce qu'on voit la royauté arrivant à la formule : « Tel est mon bon plaisir », et la féodalité livrant son dernier combat ; parce qu'enfin le moyen âge finit et les temps modernes commencent.

Deux drames le remplissent, la Réformation et la Rivalité des maisons de France et d'Autriche. M. Mignet les étudia tous deux, mais d'abord en des tableaux détachés dont il se proposait de composer ensuite un vaste ensemble. Le Mémoire sur la conversion de la Germanie pourrait, à certains égards, être considéré comme une préparation à l'histoire de la Réforme qui fut une des plus vives préoccupations de sa vie. La sagesse politique de la vieille Rome reparaît dans la Rome nouvelle, lorsque l'Église recommence les conquêtes des consuls avec des

moines pour soldats, et, pour généraux, des évêques et
des saints. Les papes de ce temps n'ont pas le culte de
l'uniformité; ils laissent aux païens quelques-uns de leurs
usages, ainsi que les *imperatores* laissaient aux vaincus
quelques-unes de leurs libertés. Au milieu des peuples
assujettis, Rome païenne établissait des colonies mili-
taires qui devaient surveiller la région conquise; les papes
bâtissent aussi des forteresses vigilantes : ce sont des
églises, des évêchés, des monastères. Toutes les forces
des conquérants s'y rassemblent; la culture des esprits s'y
fait en même temps que celle de la terre; de vaillants
missionnaires en partent incessamment afin de pousser
plus loin la conquête et, en reconnaissance, un tiers du
territoire allemand leur sera donné. C'est donc bien le
catholicisme qui a été le plus utile auxiliaire du nouvel
empire et ce sera l'Empire qui frappera l'Église des coups
les plus redoutables. Elle eut le sort commun des victorieux qui ont trop triomphé.

Cette révolution s'opéra au XVIe siècle, quand se
répandit sur le monde l'esprit d'examen, qui devint plus
tard un esprit de liberté. Luther et Calvin n'avaient pas
prévu cette conséquence; elle les eut effrayés. Hommes
de foi ardente, ils regardaient en arrière et non pas en
avant; ils demandaient à saint Augustin leur théologie,
aux premiers Pères leur morale, aux Églises de l'âge
apostolique leur discipline. Mais ils furent de puissants
révolutionnaires, lorsque, après la traduction de l'Évangile
en langue vulgaire, ils purent opposer, à la modeste condition du clergé des anciens jours, les splendeurs mondaines des nouvelles cours épiscopales, et montrer les

apôtres partant pour la conquête du monde, un bâton à la main, tandis que leurs successeurs, devenus princes de la terre, passaient, devant les yeux éblouis des pauvres, dans un tourbillon de pourpre et d'or. Les peuples se laissèrent séduire par l'idéal, à la fois ancien et nouveau, qui leur était proposé et ils suivirent ceux qui leur disaient que pour ramener les clercs aux vertus évangéliques, il fallait les délivrer de leurs biens corrupteurs. Les princes allemands furent particulièrement sensibles à ces conseils d'une renaissance spirituelle qui allait être pour eux très lucrative, car si les principautés ecclésiastiques étaient riches, les principautés séculières étaient pauvres, et les besoins d'un ordre social nouveau accroissaient leurs dépenses, sans que leurs revenus augmentassent. L'intérêt facilita, en beaucoup de lieux, les conversions, de sorte que la richesse de l'Église allemande, qui avait fait sa force au moyen âge, fit sa faiblesse dans les temps modernes.

Mais pourquoi Luther eut-il si peu de partisans en France et pourquoi Calvin en eut-il si tard? M. Mignet l'explique d'un mot : nos rois n'avaient aucun intérêt à propager la Réforme, et ils s'inquiétaient des conséquences sociales qu'elle pouvait entraîner. En Allemagne, en Angleterre, c'étaient les princes, autant que les théologiens, qui avaient changé la religion des peuples, tandis que nos rois, maîtres de leur clergé, au temporel, étaient toujours prêts à dire, comme François I⁻ᵉʳ, que la nouvelle théologie « tendait plus à la destruction des royaumes qu'à l'édification des âmes! » Lorsqu'en effet, le protestantisme se développa en France, la royauté manqua sombrer sous les coups de la démagogie des villes catholiques et de la noblesse protestante.

Eût-il mieux valu, pour nous, que le protestantisme triomphât? Je crois que cette révolution se serait accomplie dans les mêmes conditions que de l'autre côté du Rhin et de la Manche, où les droits de l'Église ayant été remis aux princes, l'oppression des consciences a duré si long-temps. Nos rois, eux aussi, auraient porté les deux glaives, et nous ne serions pas arrivés, les premiers entre toutes les nations, à la liberté philosophique et à la tolérance religieuse. Dans la France demeurée catholique sans l'Inquisition, la puissance civile et le pouvoir ecclésiastique restèrent séparés. Rome païenne avait souffert de leur union, le moyen âge de leur rivalité. Dans un cas des persécutions, dans l'autre des guerres, et partout la mort prodiguée au nom de Celui qui a fait la vie. A aucune de ces époques, on n'avait connu la liberté de conscience : bénis soient ceux qui nous l'ont donnée !

Dans la *Rivalité de François Ier et de Charles-Quint*, M. Mignet ne raconte que les événements compris entre les années 1519 et 1530. Les princes en présence sont aussi opposés de figure et de caractère que d'intérêts : Charles, petit et laid, faible de constitution, mais avisé politique, traverse onze fois la mer pour aller voir et suivre de près ses affaires; François, le plus beau cavalier de son royaume et un des plus spirituels, aime surtout les batailles et le plaisir, et ses voyages sont promenades de château en château, pour tenir sa cour toujours en fêtes et joyeusetés. Tous deux, par leur goût pour les arts, tempéré chez l'un, ardent chez l'autre, sont à leur place dans l'âge de la Renaissance ; mais à celui-là l'Espagne a donné une piété ascétique qui n'exclut cependant aucune des distractions défendues, et l'autre dut à la France une modération relative dans les questions religieuses. François Ier avait été d'abord constamment heureux parce que, au commencement de son règne, il avait été constamment habile. Mais à la couronne de France, que son rival appelait « la plus belle qui fût au monde », il veut joindre celle de l'Empire : folle ambition qui suscite celle de Charles-Quint. L'Autrichien est élu, et une lutte qui devait ébranler l'Europe entière commence. Ce sont des combats de géants et des négociations ténébreuses, d'éclatantes trahisons et des invasions formidables. La France semble sur le point de périr : ses armées sont détruites, son roi est prisonnier ; pourtant elle ne s'abandonne pas. Le peuple, les Parlements, les notables se serrent autour de la régente. Louise de Savoie négocie avec le Pape, avec les Turcs, avec les Suisses, avec les Anglais. Une vaste coalition se forme, et Henri VIII d'Angleterre exige que la régente ne consente à aucune cession de territoire. Le roi est délivré ; la France se relève ; le fils du prisonnier de Pavie entre victorieusement dans Metz, et le vieil empereur, à son tour humilié, vaincu, va cacher au monastère de Yuste son front découronné.

La formation de la monarchie espagnole explique cette grande chute qui, commencée alors, s'achèvera au siècle suivant : c'était un État mal fait. Ayant contre lui la géographie, les langues, les religions, les intérêts et les souvenirs, il n'était pas né viable, et M. Mignet montre d'une manière brève, mais saisissante comment l'Empereur et son fils s'épuisèrent à vouloir le faire vivre.

Charles-Quint avait rêvé la prépondérance en Europe, Philippe II rêva la domination sur les âmes et sur les corps. L'histoire d'Antonio Perez retrace un des plus dramatiques incidents du règne de cet abominable tyran, à qui sa conscience religieuse ne défendait rien, à qui sa royauté absolue permettait tout. Des lettres affectueuses adressées par lui à ses enfants et récemment retrouvées, ne le sauveront pas de l'éternelle réprobation. De son vivant même, il reçut le châtiment de ses cruautés. Le puissant monarque qui enveloppait la France de trois côtés par ses armées espagnoles, allemandes et italiennes, échoue dans tous ses desseins. La France et l'Angleterre lui échappent ; il perd les Pays-Bas ; l'Espagne, saignée par lui aux quatre membres, tombe épuisée pour trois siècles. Elle n'a plus de commerce, plus d'industrie, et le possesseur des plus riches dépôts métalliques du monde, obligé deux fois de suspendre ses payements comme un négociant insolvable, laisse à sa mort une dette de plus d'un milliard.

L'année même où le sombre monarque allait rejoindre son père dans les caveaux de l'Escurial, notre bon et grand Henri IV terminait, par un acte de sagesse, la guerre religieuse. On avait dit de la monarchie de Charles-Quint, avec autant de haine que de peur : « Quand l'Espagne remue, le monde tremble. » Après la paix de Vervins et l'Édit de Nantes, on pouvait dire de la France : elle a sauvé la liberté de l'Europe et elle commence à garantir la liberté des consciences.

M. Mignet ne s'est occupé du règne de Louis XIV qu'à

propos de la succession d'Espagne, malheureuse question
et malheureuse guerre qui ruina notre marine, nos
finances, une partie de notre gloire militaire, et fut cause
que le plus grand siècle de notre histoire s'acheva dans la
tristesse et l'accablement.

En ce temps-là, les princes se transmettaient les pro-
vinces et les royaumes par des mariages et des testaments,
forme d'agrandissement meilleure, après tout, que la
conquête brutale. Car l'orgueil d'une nation peut être
flatté et sa fortune garantie par l'avènement pacifique
d'un prince étranger que ses nouveaux sujets ont bien
vite conquis à leurs mœurs et à leurs sentiments hérédi-
taires, tandis que l'acquisition violente qui arrache à un
peuple comme un morceau de sa chair, lui fait une ingué-
rissable blessure.

En mariant Louis XIV à une infante, Mazarin espéra
faire de son roi l'héritier de la monarchie espagnole,
comme en formant la Ligue du Rhin, il avait revé pour
lui la couronne impériale. C'eut été refaire, au profit
de Louis XIV, pour la satisfaction de son orgueil et non
pour la vraie grandeur de la France, le monstrueux empire
de Charles-Quint : politique deux fois tentée à un siècle de
distance et deux fois funeste. La Ligue du Rhin prépara la
Ligue d'Augsbourg et au mot fameux : « Il n'y a plus de
Pyrénées », l'Europe répondit treize ans plus tard : « Les
Pyrénées sont relevées et elles resteront debout à jamais. »

Durant quarante années, il s'échangea entre les ministres
et les ambassadeurs d'innombrables dépêches dont M. Mignet a rassemblé les plus importantes en quatre gros
volumes, où les documents sont reliés entre eux par de

brefs commentaires qui les expliquent et font de ce monument, bâti de tant de pièces différentes, un solide et imposant édifice.

Cette *Histoire diplomatique* s'arrête malheureusement vingt années avant l'ouverture de la succession d'Espagne, mais elle est précédée d'une introduction où l'on trouve plus peut-être qu'en aucun des écrits de M. Mignet ses qualités littéraires, la vigueur de sa pensée et sa puissance de concentration. En cent pages, il résume la formation politique de l'Espagne et de la France. J'y trouve bien quelques mots que je voudrais effacer. « Les flots vivifiants de l'invasion barbare » et « la vertu régénératrice des Germains » sont une tradition ecclésiastique que Grégoire de Tours nous force d'abandonner. Je n'ai pas, non plus, un superstitieux respect pour une loi trop vantée. Dans la mécanique céleste, les grosses masses attirent les petites; sans la loi salique, la France se serait agrandie par des mariages. Elle était trop forte pour n'être qu'un présent de noces fait à un étranger : c'est l'étranger qui lui eut apporté en dot ses domaines. Sur ces points on peut discuter; on ne discutera pas sur le mérite de cette large et brillante étude qui restera un des chefs-d'œuvre de notre littérature historique.

Les ouvrages dont je viens de parler sont d'admirables fragments d'un grand livre que M. Mignet se proposait d'écrire et qui, malheureusement, n'a point paru. La *Vie de Marie Stuart* est au contraire une œuvre complète, car cette fois l'auteur prend son personnage à la naissance et ne le quitte qu'à la mort.

Marie Stuart avait été élevée à cette cour des Valois qui réunissait les extrêmes de l'élégance et de la corruption, où la grâce était dans l'esprit, la brutalité dans les mœurs, la religion dans les dehors de la vie, l'habileté politique dans la ruse et le mensonge ; où chaque jour, au milieu de fêtes et de tentations offertes à une jeunesse ardente, des intrigues se nouaient pour une liaison coupable ou pour un assassinat : « Fleurs de plaisir, dit un contemporain, qui se teignaient sanglantes. »

Marie, belle, savante, spirituelle, souvent éloquente, mais d'esprit mobile et passionné, eut dans cette cour de tristes exemples et des conseillers qu'il était dangereux de trop écouter, comme ses oncles de Guise, surtout le cardinal qui cachait, sous sa pourpre romaine, les vices dont se composait l'élégance de cette société folle de plaisirs. Il apprit à sa nièce qu'il est avec la conscience des accommodements; que les actes publics les plus solennels n'engagent pas, lorsqu'en secret on a protesté contre eux; et qu'elle pouvait, en France, débuter dans la royauté par une trahison envers son peuple d'Écosse.

De cette cour, elle emporta beaucoup de talents et de frivolité, sans une règle morale assez forte pour arrêter toujours les entraînements de son cœur ; et ce bagage, à la fois trop léger et trop lourd, l'empêcha de marcher droit et ferme au milieu de sectaires farouches qui regardaient les grâces mondaines comme une cause de damnation, et en face d'une aristocratie factieuse qui avait déjà tué deux de ses rois.

Leçons de France, leçons d'Écosse, toutes furent dangereuses pour la jeune reine. La nature et sa naissance lui avaient donné les promesses d'une belle et grande existence, mais elle subit l'influence d'un temps où les caractères étaient énergiquement trempés pour le mal comme pour le bien, et où l'on croyait que supprimer un adversaire était le meilleur moyen de se débarrasser d'un ennui.

Envers Marie Stuart l'impartialité est difficile ; les documents sont contradictoires ou insuffisants; les actes mêmes peuvent donner lieu à des interprétations différentes. Et puis, la mort n'efface pas le rayonnant éclat de ces belles pécheresses et l'Histoire est toujours près d'avoir pour elles sur les lèvres, les paroles de Jésus à Marie de Magdala. Rappelez-vous, Messieurs, les vieillards troyens assis aux portes Scées : en voyant Hélène passer devant eux, touchés, malgré les ans, de sa grâce divine, ils lui pardonnent les maux qu'elle a causés. Et l'un des vôtres, un des plus illustres, n'a-t-il pas été l'adorateur passionné d'une autre enchanteresse morte depuis deux siècles.

M. Mignet, en historien incorruptible, s'est défendu contre cette séduction qu'il semblait devoir subir. Il s'est souvenu qu'il avait pris ses grades aux écoles de droit et il a instruit avec la sagacité d'un jurisconsulte les trois procès qui pèsent sur la mémoire de Marie Stuart : la mort de Darnley, le mariage avec Bothwell et les conspirations contre Élisabeth. Mais tout en condamnant l'acte criminel de l'*Église du champ*, les noces précipitées avec l'assassin de son époux et les fatales imprudences de la captivité, il éprouve une sympathie douloureuse pour cette vie troublée « par tant d'infortunes, finie avec tant de grandeur ».

Il semble difficile de contester ses conclusions. On l'a fait pourtant, et des protestants peu favorables à Marie

Stuart ont renoncé à soutenir l'authenticité des fameuses
lettres de la cassette d'argent. Je ne me rendrai pas juge
de ce débat trois fois séculaire qui, pour quelques écrivains, est encore une question religieuse. Mais que Marie
Stuart ait été innocente ou coupable, victime de ses ennemis ou de ses passions, elle nous apparaît, durant une
captivité inique de dix-neuf années, ennoblie par son
fier courage, ou purifiée par ses longues souffrances. Nous
gardons, au contraire, un sentiment de répulsion pour cette
autre reine que son poète appelle imprudemment « la
Vestale assise sur le trône de l'Occident », qui eut, avec
un mâle génie, une odieuse duplicité et n'eut jamais un
cœur de femme. Le sang de Marie a rejailli au front d'Élisabeth et, comme la tache de lady Macbeth « tous les
parfums d'Arabie ne l'effaceront pas ».

J'ai réservé pour la fin de cette analyse celui des ouvrages
de M. Mignet qui se rapproche le plus de notre époque,
bien que, par la date de sa composition, il appartienne
à la jeunesse de l'auteur, je veux parler de cette *Histoire de la Révolution* qui, par son charme singulier et sa
vive allure, dispute depuis soixante ans au livre de
M. Thiers la faveur de l'opinion. Cette révolution, qui a
commencé pour la vieille Europe une ère nouvelle, exerce
sur les esprits un irrésistible attrait, formé de terreur et
d'admiration. Tout y prend des proportions inaccoutu-
mées, l'héroïsme et le crime ; aussi nul sujet ne prête da-
vantage aux plaidoyers contraires. Mais pour reproduire
cette tragique histoire et l'intensité de la vie sur ce champ
de bataille où se heurtaient tant d'idées et de passions, il

faut des détails, de longs récits, et **M.** Mignet n'a voulu faire qu'un brillant résumé.

Aux *Institutions de Saint-Louis,* publiées en 1822, avait succédé en 1824, l'*Histoire de la Révolution* qui parut en un seul volume. M. Mignet ne s'était donc accordé que quelques mois et quelques centaines de pages pour raconter la suite des événements extraordinaires qui remplissent le quart de siècle écoulé de 1789 à 1814. C'était une entreprise hardie : le temps, l'espace et les documents manquaient ; puis, pour l'historien comme pour le peintre, il est des perspectives nécessaires. Or, songez, Messieurs, que sept ou huit années seulement avaient passé sur le dernier acte de la grande épopée révolutionnaire : l'abdication de l'empereur, qui aux yeux des rois était toujours resté le soldat armé de la Révolution ; songez surtout à l'état d'esprit où se trouvait cette génération de 1820 : née dans la joie et les douleurs du plus prodigieux enfantement qui fut jamais, élevée sur les bancs de l'Université impériale, au bruit du canon d'Austerlitz, parvenue à l'âge d'homme au moment de la catastrophe finale, et à la vie publique en pleine réaction royaliste. Dans cette atmosphère encore chargée de tant d'orages, peuplée d'un monde de souvenirs héroïques et de visions d'ancien régime, l'histoire de la Révolution ne pouvait être qu'une arme de guerre aux mains de cette jeunesse éprise d'une passion ardente pour deux nobles choses, la gloire et la liberté, et qu'animaient au combat la haine de la Sainte-Alliance et celle de la Restauration.

M. Mignet était trop de son âge et de son temps pour échapper à la séduction de ces généreux sentiments. D'ail-

leurs il était né Girondin! Trente années auparavant il
aurait fait partie de ce groupe d'hommes d'élite que la distinction de l'esprit et le culte de la Révolution avaient
rapprochés. Il y eût apporté cette tenue, cette élégance et ces hautes manières qui ajoutaient au charme
de sa personne, et, par sa sagesse précoce, par la
mesure et l'autorité de son jugement, il y eût vite conquis
une des premières places. Aristocrate de goûts, libéral
d'éducation et d'études, il serait devenu républicain, comme
Vergniaud; et s'il eût été soumis au même sort, c'est,
j'imagine, le plus tranquillement du monde, sans faiblesse
comme Desmoulins, sans colère comme Danton, c'est en
grand seigneur bourgeois, fier et dédaigneux, qu'il eût
livré sa tête.

Messieurs, M. Mignet est un maître, au double titre de
penseur et d'écrivain. Comme Montesquieu, il n'aime pas
à expliquer le succès par la fortune, mot commode mais
qui n'explique rien; et il ne recourt pas à des hypothèses
dont l'histoire n'a pas besoin. Avec la virile pensée que
les peuples, comme les individus, font eux-mêmes leur
condition, il cherche le secret des chutes et des triomphes
dans les causes qui les ont produits.

Comme Montesquieu encore, il met au premier rang des
influences qui agissent sur le destin des peuples, leur si-
tuation territoriale. Par un de ses côtés, la géographie est
une aride nomenclature dont il ne faut pas abuser dans
nos écoles; par un autre, elle fait partie de l'histoire philosophique. Donnez à la Pologne de solides frontières, et
cette héroïque chevalerie devient une nation compacte qui

ne peut être entamée. Otez à l'Angleterre ses mines de fer et de houille, comblez son fossé de la Manche, et elle ne sera plus la libre Angleterre, l'atelier et le marché du monde. La France, avec ses beaux fleuves qui descendent à trois mers, ses deux boulevards des Alpes et des Pyrénées, est le pays le mieux fait de l'Europe. Aussi a-t-elle, durant des siècles, joué dans le monde le premier rôle; et la géographie la défend encore, malgré la brèche fatale du Nord-Est. M. Mignet a mis au commencement de plusieurs de ses ouvrages quelques-uns de ces tableaux de géographie morale « où l'œil, dit-il, découvre tout d'abord ce que l'histoire confirme ensuite ».

Les influences physiques restent toujours les mêmes, les causes morales varient et agissent tantôt en bien, tantôt en mal et c'est à démêler ces actions différentes que l'historien doit s'appliquer, en se plaçant dans le milieu où les événements se sont accomplis

¶ On a reproché à M. Mignet de chercher des lois dans l'histoire, comme nos confrères des Sciences en cherchent avec raison dans la nature. Il parut, en effet, croire d'abord à l'enchaînement des choses « elles agissent avec suite, dit-il, s'accomplissent de nécessité et se servent des hommes comme moyens et des événements comme occasion »; ou bien encore : « Ce sont moins les hommes qui ont mené les choses, que les choses qui ont mené les hommes (1). »

____

(1) Dans un article sur M. Mignet, Sainte-Beuve dit: « Il laissait échapper de ces maximes chez lui familières et fondamentales qui exprimaient ce qu'on a pu appeler son système. » Mais en écrivant ces mots (*Revue des Deux Mondes*, du 15 mars 1846), Sainte-Beuve n'avait pas lu, sans doute, ce que M. Mignet avait écrit quelques mois auparavant dans l'éloge de

Cette théorie fut ce qu'on appela son système. Il l'eut
peut-être à ses débuts, au temps où le fatalisme hégélien,
importé en France, faisait dire qu'à Waterloo, il n'y avait
pas eu de vaincus. Il cessa de l'avoir quand l'expérience
lui eut appris que l'histoire n'a pas cette régularité ;
et que les hommes avec leur génie, leurs passions ou
leur faiblesse, les peuples avec leurs accès d'héroïsme
ou d'affolement y tiennent plus de place. Si Louis XVI
avait eu l'énergie et la sagesse, la Révolution s'accomplis-
sait pacifiquement ; si Bonaparte était né trente ans plus
tôt, nous n'aurions eu ni le Consulat ni l'Empire. Il est
en ce monde une force contre laquelle le génie et la
violence ne peuvent longtemps prévaloir ; elle se compose
des traditions du passé et des intérêts du présent, des
idées de ceux qui pensent et des passions de ceux qui
souffrent. Mais cette force, ce sont les hommes qui la
produisent et qui s'en servent en bien ou en mal, qui la
détournent ou la transforment : qui, enfin, à leurs risques
et périls, se jettent, avec leur liberté, dans le combat pour
la vie. L'historien doit donc expliquer souvent ; il ne doit

Sismondi et ce qu'il écrivit plus tard dans sa belle étude sur Hallam. C'est
dans l'Éloge de Raynouard que j'ai pris les paroles citées dans le texte.
Cependant l'impression de Sainte-Beuve se retrouve dans un éloge de
M. Mignet, lu le 26 janvier 1885 à l'Académie des Sciences de Pesth, dont
il était membre. Le Ministre de l'instruction et des cultes du royaume de
Hongrie, M. August Trefort, a dit, à propos de l'*Histoire de la Révolution :
Der Geist des Werkes ist ein revolutionäres, in gewisser Beziehung sogar fata-
listischer*. Deux mois après, M. Trefort faisait, au sein de la même Académie, l'éloge de M. Thiers ; nous lui envoyons l'expression de notre gratitude pour cet hommage rendu à nos illustres morts.

pas toujours absoudre, car il n'a point en face de lui de fatalités inéluctables.

Ah! gardons au moins la responsabilité historique, en un temps où la justice et quelquefois la science, même la philosophie, font si petite la part de la responsabilité civile, que souvent le crime n'apparaît plus que comme une maladie à laquelle sont dûs des soins fraternels. M. Mignet n'aimait pas ces énervantes doctrines : d'un bout à l'autre de son œuvre respire le sentiment moral sans lequel il n'y aurait de justice ni dans la société, ni dans l'histoire qui est cependant le grand livre des expiations et des récompenses.

Il est une autre fatalité dont on a beaucoup abusé, le caractère de la race persistant à travers les siècles, malgré la diversité des influences et des fortunes. Un écrivain qu'il pourra paraître singulier de trouver en si graves méditations, l'auteur de *Robinson Crusoé,* avait, il y a deux cents ans, combattu les conséquences que l'on voulait déjà tirer de cette doctrine, qui substitue un problème de physiologie à un problème de morale. Elle a produit, dans la première moitié de notre siècle, de beaux livres, et dans la seconde bien des maux. M. Mignet y a quelquefois cédé; mais plus peut-être par condescendance académique que par conviction personnelle, car il savait bien que, dans l'Europe occidentale, à cette extrémité du monde, où la poussée des peuples a refoulé tant de races, il n'est point de population qui ne soit composée d'éléments très divers. Dans notre France, par exemple, comment séparer du sang celtique qui coule dans nos veines le sang sémitique, grec, romain, arabe, germanique, scandinave qui s'y est mêlé? De ce mélange cependant s'est formé le peuple qui, malgré des origines complexes, est celui dont toutes les parties se sont le mieux fondues dans l'ensemble ; et si nous ne formons pas une race, nous sommes mieux que cela, une nation qui, en face du péril, n'aurait qu'un cœur pour sentir, qu'une main pour frapper.

M. Mignet a rencontré bien d'autres questions dans ses *Éloges académiques,* belle galerie de portraits, où l'auteur remet en pleine lumière quelques-uns des personnages qu'il avait rapidement montrés dans son *Histoire de la Révolution.* Il rattache ainsi sa première œuvre à la dernière et, avec la calme sérénité du philosophe qui n'aime que le vrai, il corrige le livre de sa jeunesse par celui de sa maturité.

Les quatre volumes des *Notions* et *Éloges* sont une véritable encyclopédie morale, la plus belle et la plus durable partie de son œuvre, celle où son style déploie toute sa richesse, son intelligence toute sa facilité de compréhension. En les lisant, on est surpris de voir l'historien accoutumé à peindre la vie des rois et des peuples dans ses plus dramatiques manifestations, parler avec tant d'aisance de législation, de science, d'économie sociale, de philosophie, et pénétrer sans fatigue jusqu'aux plus obscures profondeurs de l'entendement humain, ou porter dans l'analyse de systèmes aventureux le bon sens qui fait justice des témérités. Il n'aime pas à agiter les problèmes insolubles dont l'homme n'aura jamais le secret, et il reproche à Schelling de parler comme s'il avait « assisté à la formation des mondes et des existences », comme s'il avait « vu Dieu sortir de sa solitude inerte et de son

repos silencieux », mais il croyait à la puissance du sentiment et jamais il n'aurait interdit la recherche de l'idéal,
qui est l'honneur de l'esprit humain et la marque de sa
nature supérieure. Pour M. Mignet l'harmonie de l'univers
suffit à révéler un suprême Ordonnateur : c'est le cri d'Is-
raël : *Cœli enarrant gloriam Dei,* et c'est celui de l'humanité.

Quelle riche moisson de pensées à faire dans ces livres!
Le temps et l'espace me manquent pour recueillir et lier
ces gerbes fécondes. Je ne voudrais cependant pas oublier
un souvenir qu'il est bon encore de rappeler aujourd'hui.
En fondant l'Université, Napoléon, malgré son instruction mathématique et son titre de membre de l'Académie
des Sciences, voulut que, dans l'éducation nationale, la
prééminence fût assurée aux Lettres. « Les Sciences, disait-il, sont de belles applications de l'esprit humain ; les
Lettres sont l'esprit humain lui-même. » Mais ce n'est pas ici
qu'il est nécessaire de plaider la cause des *Humanités.* La
France leur doit sa langue si claire, son génie si sympa-
thique et c'est un héritage que, grâce à vous, Messieurs,
elle ne perdra pas.

Comme écrivain, M. Mignet a une originalité parti-
culière : ce vigoureux esprit aime la condensation des
idées et des faits. En quelques pages, il écrit un volume
et partout il met la lumière, souvent aussi l'émotion. Comme
Tacite, il est un écrivain tragique ; le drame l'attire, et il
évite de mêler les actions, parce qu'il sait que pour être
forte, l'impression à produire doit être simple. C'est pour
cela que tant de ses œuvres sont des fragments, des bio-

graphies, des portraits, mais portraits qui ressemblent, par le fini du travail, à de belles médailles antiques.

Un grand peintre a dit que le dessin est la probité de l'art ; la science est la probité de l'histoire. Pour atteindre à la vérité historique, il faut un travail préliminaire que ne rebute pas la recherche de débris même informes, une pénétrante sagacité pour en saisir le sens, un esprit vigoureux pour les coordonner et, s'il se peut, le souffle d'Ézéchiel répandant la vie sur des ossements brisés. Dans les belles études de M. Mignet, le travail de recherches se sent, il ne se voit pas, et, selon la tradition du grand art français, la science se cache sous de larges draperies. Ce n'est pas qu'il aime le fracas des mots et des couleurs, le cliquetis des expressions qui, en se heurtant, font du bruit et ne font pas de lumière. Il a le style sobre et ferme des grands historiens. Point de métaphores, point d'images ; la chaleur et l'éclat sont dans la pensée.

Toutefois en un temps où la critique n'est épargnée ni aux dieux ni aux rois, j'oserai dire du maître que ses longues périodes, construites avec tant d'art, ont parfois un balancement rythmique d'une trop constante harmonie. La force s'y rencontre plus souvent que la grâce, et il ne déplairait pas d'y trouver de loin en loin un peu de ce négligé savant qui est un art aussi, puisque les poètes et les femmes, ces grands artistes, y recourent, comme à un artifice qui ajoute encore à la beauté. Mais que de pages éloquentes ! M. Mignet avait, au suprême degré, le culte de son art, comme il eut toute sa vie celui des convenances sociales ; il ne voulait pas plus d'un mot mal choisi que d'une pensée fausse ou d'une témérité inutile.

Dans sa longue existence, il traversa presqu'en entier un siècle rempli de révolutions, de gloire et de misères. Il a vu la science contraindre la nature à livrer des secrets redoutables ou bienfaisants; la poésie, retrouver sa lyre d'or; le drame, des accents nouveaux et profonds; l'histoire, des civilisations perdues et des destinées oubliées, et il jouissait de ces belles choses comme de tout ce qui donne des ailes à la pensée. Il souffrait, au contraire, quand la société tremblait sur sa base, quand l'esprit s'élançait témérairement au milieu des précipices ou dans les bas-fonds, au risque du vertige ou des souillures; mais alors même il gardait, non sans émotion du cœur, sa confiance et sa sérénité. Les doctrines pessimistes, qui semblent envahir notre siècle vieillissant, n'auraient pas atteint le vaillant lutteur, et avec sa ténacité habituelle, il aurait espéré contre toute espérance pour la pensée, pour l'art et pour cette patrie française, indestructible malgré les deuils répétés qui aujourd'hui encore lui font voiler son drapeau.

Fidèle aux convictions de sa jeunesse sans déclaration bruyante, étant de ceux dont le silence suffit, il aima la liberté, parce que sans elle il n'y a plus, de nos jours, de dignité véritable; il crut au progrès insensible mais certain de l'humanité, aux droits et à la grandeur de la raison, à l'intelligence qui se développe, à la morale qui gagne plus d'esprits sans réussir à tuer partout le fauve qui est dans l'homme.

Dur à lui-même, d'une rigueur morale qui ne fléchit jamais, il était doux aux autres : personne n'a gravi les quatre étages qui menaient au petit appartement où se sont écoulées ses journées laborieuses, sans y trouver un

bienveillant accueil et d'utiles conseils. Si la science fut sa
seule épousée, il se fit une famille de ses amis, de ses
proches, de ses compatriotes d'Aix ; et je ne crois pas
qu'on lui ait jamais connu un ennemi, car avec un grand
talent, il avait, ce qui est plus rare, un caractère qui
commandait le respect.

Sa mort fut celle d'un sage, sans plainte ni révolte
contre l'arrêt de la nature. Soutenu par la fermeté de
ses croyances spiritualistes, il ne s'effrayait pas « du
silence éternel des espaces infinis » ; et il aurait pu répé-
ter les paroles de Marc-Aurèle, en supprimant le doute
que le grand païen y avait laissé : « Ou je ne serai
plus rien, ou je serai mieux, et je ne serai mieux qu'à la
condition d'avoir obéi à la raison, au devoir qui sont la
loi divine ».

Messieurs, j'ai accompli, selon mes forces, la tâche que
vous m'aviez confiée ; j'ai rendu un dernier hommage à
notre illustre mort ; mais je ne vous ai pas encore parlé de
ma gratitude. En ajoutant vos suffrages à ceux qui s'étaient
déjà portés sur mon nom, vous m'avez accordé un honneur exceptionnel ; j'en connais, croyez-le, tout le prix et
j'y mesure ma reconnaissance.

Quand je regarde derrière moi la route parcourue, je
me retrouve dans une modeste chaire de collège où j'ensei-
gnais l'histoire à de grands écoliers qui s'appelaient
d'Aumale, Émile Augier, Perraud, Sardou, aujourd'hui
l'honneur de votre Compagnie. C'est dans cette chaire que
j'ai passé les plus longues années de ma vie ; c'est là qu'une

auguste faveur vint un jour me prendre, et c'est de là que je suis parti pour arriver jusqu'à vous.

Ces souvenirs vous disent les sentiments que j'éprouve en ce moment et dans ce lieu: pour l'Université qui m'a fait ce que je suis, pour le prince qui ne me demanda jamais que d'être un dévoué serviteur du pays, pour vous, Messieurs, qui m'avez comblé.

RÉPONSE

DE

MGR PERRAUD

ÉVÊQUE D'AUTUN

DIRECTEUR DE L'ACADÉMIE FRANÇAISE

AU DISCOURS

DE

M. DURUY

Prononcé dans la séance du jeudi 18 juin 1885.

MONSIEUR,

La vie qui voit se rompre à chaque instant les plus douces relations du commerce des hommes, opère parfois entre eux des rapprochements bien imprévus.

C'est un des écoliers dont vous venez de rappeler les noms qui a mission d'accueillir ici son ancien maître et de lui souhaiter la bienvenue dans nos rangs. Pourquoi cette tâche n'est-elle pas échue à quelqu'un de mes aînés du collège et de l'Académie? Quelle fête de l'esprit pour cette assemblée d'élite, si, après vous, elle avait entendu

louer M. Mignet soit par l'écrivain militaire qui a fait
revivre dans une histoire de famille les grandes actions
du héros de Rocroy ; soit par l'auteur dramatique qui,
en entrant parmi nous, rendait au génie d'Eschyle, de So-
phocle et d'Euripide l'hommage le plus éloquent ; soit
enfin par le poète, aimé des Athéniens de Paris, à qui
Ménandre eût envié les vers de la *Ciguë!*

L'honneur que j'avais de présider notre Compagnie au
moment où la mort est venue frapper M. Mignet m'impose
aujourd'hui un double devoir. J'ai à dire, Monsieur, comment vos travaux, depuis longtemps remarqués, vous indi-
quaient pour recueillir la succession de notre vénéré doyen ;
mais, je suis assuré de bien interpréter vos propres sentiments si je commence par saluer en lui, au nom de la France
lettrée et de l'Académie, un des maîtres de la science historique dans le siècle et dans le pays où les Thiers, les Guizot, les Augustin Thierry ont conquis un immortel renom.

Beaucoup d'hommes dont les facultés se sont dépensées
parmi les agitations de la vie publique, ont eu des commencements pleins de paix, de silence, de recueillement.
Une loi contraire a présidé aux destinées de M. Mignet.
Les premières années de sa carrière d'homme et d'écrivain
ont appartenu tout entières aux polémiques les plus
ardentes de la Restauration, et, le lendemain même du
jour où une révolution victorieuse consacrait le triomphe
de ses idées, il s'est mis pour toujours en dehors des
vicissitudes auxquelles renoncent si difficilement ceux
qui ont une fois connu les périlleuses et enivrantes émo-
tions de la politique. Il a persévéré dans cette énergique
résolution pendant plus d'un demi-siècle, heureux de

pouvoir ne rien dérober de son temps ni de ses forces à
ses études. Elles l'ont, du reste, payé de retour, et
comme vous l'avez fort bien dit, Monsieur, il leur a été
redevable de la meilleure part. Si je devais représenter,
dans le contraste de ses tumultueux débuts et de leur suite
pleine de calme, cette existence qui a presque atteint les
limites extrêmes de la longévité humaine, elle m'apparaî-
trait semblable à une de ces sources dont les eaux jaillis-
sent d'abord impétueuses et bruyantes pour former bientôt
le fleuve qui descend vers l'Océan avec une majestueuse
lenteur.

Vous avez rappelé, Monsieur, ces commencements belli-
queux du publiciste de 1821 à 1830. Vous avez eu raison d'y
associer le souvenir de l'homme célèbre dont le nom était
dès lors, et devait demeurer depuis, inséparable du nom de
votre prédécesseur. Communauté d'origine et de goûts
intellectuels ; harmonie parfaite des idées et des sentiments
et, dans la différence des caractères, ressemblance frappante des physionomies morales, tout devait contribuer
à former entre François Mignet et Adolphe Thiers une de
ces amitiés dont l'histoire consacre le souvenir. Ils ont
ainsi traversé, en s'appuyant l'un sur l'autre, plus des trois
quarts de ce siècle avec des fortunes diverses, mais dans
le partage invariablement fidèle des mêmes convictions,
dignes de se renvoyer mutuellement la parole charmante
où Montaigne a exprimé sa fraternelle affection pour La
Boétie : « Nos âmes ont charié si uniement ensemble !
« Nous estions à moytié de tout ! (1) »

____

(1) *Essais*, l. I. ch. 27.

Nos deux Provençaux avaient suivi à Aix les mêmes cours de droit et avaient été reçus avocats au barreau de cette ville. Dans l'été de 1821, ils partirent presque en même temps pour Paris où le double patronage de Royer-Collard et de leur compatriote Manuel allait leur ouvrir la carrière et leur assigner une place dans les rangs les plus militants de l'opposition libérale.

Ne croirait-on pas voir les deux amis immortalisés par Virgile, au moment où ils concertent d'attaquer ensemble le camp des Rutules? Ils y vont en effet d'un même cœur et d'un même élan (1).

Le plus jeune, le plus vif d'allures, le plus décidé dans l'emploi qu'il devait faire de ses universelles et brillantes aptitudes, Adolphe Thiers, l'enfant de Marseille, excellera toute sa vie, comme Nisus, à lancer à la tribune et dans la presse, tantôt les flèches légères, tantôt le javelot acéré (2).

Plus contenu, sans être moins ardent, François Mignet, l'enfant d'Aix, se fera remarquer toute sa vie, et jusque dans la vieillesse la plus avancée, par ces agréments extérieurs que vous n'avez eu garde d'omettre, Monsieur, en esquissant son attrayante figure

> *Quo pulchrior alter*
> *Non fuit Æneadum.*

A ce dessin d'une ressemblance frappante, j'ajouterai un trait que j'emprunte au spirituel et caustique Henri Heine.

---

(1)   *His amor unus erat, pariterque in bella ruebant.*
(2)   *Jaculo celerem levibusque sagittis.*

Au mois de mai 1841, M. Mignet lisait ici une de ses notices toujours si avidement écoutées. La séance était présidée par M. Cousin. Le critique allemand y assistait. Sous cette coupole de l'Institut, fort irrévérencieusement comparée par lui au dôme des Invalides, il se trouvait en face de M. Thiers venu pour assister au triomphe de son ami qui prononçait ce jour-là l'éloge de Merlin de Douai. Quand le beau secrétaire perpétuel (je laisse parler Heine) fut arrivé à l'endroit où il montrait dans la Révolution de Juillet la dernière étape et le couronnement de la Révolution de 1789, ces déclarations optimistes provoquèrent un sourire sur le visage de M. Thiers. « Ainsi, ajoute Heine, doit rire Éole, quand Daphnis, par un beau temps, joue de la flûte sur le rivage paisible (1). »

Applaudi dans ses cours de l'Athénée par une élite de jeunes auditeurs à laquelle se mêlaient volontiers des hommes déjà considérables ou destinés à le devenir ; accueilli avec faveur par Talleyrand dans ses fameux salons, rendez-vous de toutes les célébrités politiques de l'Europe ; lié avec le chansonnier dont les refrains populaires suscitaient partout des ennemis au pouvoir ; affilié à la fameuse société « Aide-toi, le ciel t'aidera » toujours prête à descendre dans la rue au premier signal des hommes d'action ; désigné pour être un des principaux organisateurs des funérailles de Manuel et poursuivi devant les tribunaux à cause de la brochure qu'il avait publiée sur cette journée ; enfin, le 27 juillet 1830, avec ses amis Thiers et

---

(1) H. Heine, *Lutèce.*

Rémusat, signataire de cette protestation des journalistes
qui, suivant l'issue de la lutte, pouvait ouvrir à ses auteurs
les portes d'une prison d'État ou celles d'un ministère :
on le voit, avant d'aller s'asseoir « sur le rivage paisible,
« pour y jouer de la flûte aux applaudissements d'Éole »,
notre charmant jeune homme, souvent engagé dans des
alliances compromettantes, avait été pendant neuf ans au
plus fort de la tempête et en plein combat.

Aussi, Monsieur, vous avez eu raison de le dire : le livre
publié par M. Mignet en 1824, était « une arme de guerre ».
Le choix du sujet attestait encore l'étroite parenté d'esprit
qui unissait les deux amis. Ils s'étaient mis à l'œuvre en
même temps, se ménageant peut-être le plaisir de se faire
réciproquement une surprise, quand leur travail serait
achevé. Plus expéditif, mais moins sévère sur les conditions de la composition et du style, Adolphe Thiers avait
déjà publié en 1823 les deux premiers volumes d'une histoire de la Révolution française, destinée à prendre sous
sa plume rapide et facile d'amples proportions. Quelques
mois après, François Mignet donnait en un seul volume
une histoire abrégée, mais complète, des vingt-cinq
années écoulées entre 1789 et 1814.

On peut appliquer à ce livre ce qu'un de nos confrères
du XVIIIe siècle, le président Hénault, a dit avec bonne
grâce de ce genre d'écrire l'histoire « où l'espace est
« si court, où la moindre négligence est un crime, où rien
« d'essentiel ne doit échapper, où ce qui n'est pas néces-
« saire est un vice, et où il faut encore essayer de plaire
« au milieu des sévérités du laconisme et des entraves de
« la concision ».

Dans une narration sobre de descriptions et de tableaux,
émouvante toutefois par ses déductions inexorables, l'histoire de la Révolution française laisse à peine au lecteur le
temps de respirer à travers cette succession d'épisodes qui
s'enchaînent comme les actes d'une tragédie dont l'ordonnance toute classique amène la catastrophe.

On a reproché à M. Mignet d'avoir subordonné le récit
des événements à des vues trop systématiques et procédé
à la façon des géomètres et des mathématiciens.

Vous n'avez pas jugé superflu, Monsieur, de discuter ces
accusations et vous en avez profité pour nous dire votre
pensée sur une des questions les plus difficiles de la philosophie de l'histoire. Comme à vous, il ne me paraîtrait pas
équitable de demander à M. Mignet un compte trop sévère
de quelques formules qui, prises isolément et au pied de
la lettre, le feraient ranger parmi les écrivains de l'école
fataliste.

Il faut d'ailleurs en convenir : la raison se trouve ici en
face d'un redoutable problème. Il lui appartient sans doute
d'en distinguer les éléments et de les soumettre à toutes les
rigueurs de son analyse. Mais lorsque le moment est venu
de déterminer leurs rapports avec une rigueur scientifique, elle hésite et se trouble.

D'une part, l'homme est libre. S'il n'était qu'une
machine plus achevée, l'histoire se ramènerait aux
lois de la physiologie, comme celles-ci, dit-on, se
ramènent aux lois de la mécanique. Mais, dès que la liberté
est dans l'individu, elle est dans l'espèce, les familles, les
cités, les nations. Comment, en effet, des volontés libres
et raisonnables, additionnées les unes aux autres, se résou-

draient-elles en une force passive, fatalement soumise à une impulsion irrésistible?

D'autre part, l'individu, les hommes réunis en société subissent l'empire d'une loi supérieure sans laquelle le monde serait le jouet des caprices du hasard. Si Dieu existe, ce n'est pas assez qu'il règne : il faut encore qu'il gouverne.

Par conséquent, la seule liberté de l'homme ne suffit pas à rendre compte des événements dont l'histoire se compose, et ceux-ci ne peuvent s'expliquer non plus par l'action unique d'une énergie directrice, maîtresse absolue de l'humanité. Il faut unir ces deux forces. Mais qui déterminera le rôle de chacune d'elles? Qui indiquera précisément où commence l'une et où l'autre finit?

Dans son *Traité du libre arbitre,* Bossuet a dit sur ce sujet la parole décisive du bon sens. Après avoir très nettement mis en lumière chacun des éléments que le langage scientifique appelle « les deux facteurs » de l'histoire, il conclut en ces termes :

« Demeurons donc persuadés et de notre liberté et de
« la Providence qui la dirige sans que rien nous puisse
« arracher l'idée très claire que nous avons de l'une et de
« l'autre. Que s'il y a quelque chose en cette matière où
« nous soyons obligés de demeurer court, ne détruisons pas
« pour cela ce que nous aurons clairement connu, et sous
« prétexte que nous ne connaissons pas tout, ne croyons
« pas pour cela que nous ne connaissons rien : autrement
« nous serions ingrats envers celui qui nous éclaire (1). »

____

(1) *Traité du libre arbitre,* chap. vi.

Si l'on veut porter un jugement d'ensemble sur l'œuvre historique de M. Mignet, on verra que, lui aussi, a cherché cette explication dans le concours mystérieusement inégal de deux puissances dont l'intervention exclut en même temps la fatalité et le hasard. Une telle conclusion s'imposait au partisan déclaré, à l'infatigable défenseur de cette liberté civile et politique dont la liberté morale est la condition nécessaire et le fondement. S'il parut avoir quelquefois exagéré le rôle de je ne sais quelle influence anonyme et irresponsable, voisine du *fatum* des anciens, sa haute raison et l'expérience de la vie lui firent tempérer plus tard ce que certaines pages de sa jeunesse avaient pu contenir d'excessif. Non seulement il n'a pas eu peur de l'idée et du nom de Dieu, trop souvent bannis aujourd'hui par des procédés dont le sentiment religieux s'offense moins que le bon sens, mais il a employé pour caractériser l'intervention divine dans les affaires humaines, les expressions simples et claires, consacrées par la sagesse des siècles chrétiens. « Le véritable historien, —
« a-t-il dit, en prononçant l'éloge de Sismondi, — sait
« assigner dans l'accomplissement des faits la part des
« volontés particulières qui attestent la liberté morale
« de l'homme et l'action générale des lois de l'humanité
« vers des fins supérieures, sous l'action cachée de
« la Providence. » Ce langage d'une exacte et haute philosophie n'est-il pas l'écho direct d'un des plus magnifiques enseignements de la Bible? « O Dieu, s'écrie
« l'auteur de la *Sagesse,* votre Providence paternelle gou-
« verne les hommes, mais elle les traite avec un grand

« respect (1). » Qu'est-ce, en effet, dans l'homme que le don de la raison et l'usage de la liberté, sinon la preuve authentique de cette révérence souveraine de Dieu pour l'être dont il a fait sa vivante image?

Vous l'avez judicieusement remarqué, Monsieur, les travaux postérieurs de M. Mignet et surtout les notices composées par lui, en sa qualité de secrétaire perpétuel de l'Académie des sciences morales et politiques, lui ont, à diverses reprises, donné l'occasion de revenir sur la grande époque dont il pouvait, comme M. Thiers, dire : « ma Révolution ». Il en a très habilement profité pour pratiquer ce qu'il louait un jour dans l'illustre penseur allemand Schelling : « l'art de rester fidèle à lui-même, « tout en se modifiant ».

N'a-t-il pas été quelquefois gêné par quelques-uns des personnages dont il a dû prononcer l'éloge ? La sévérité de sa conscience d'historien n'a-t-elle pas fait quelques concessions aux exigences de la confraternité et aux traditions de la courtoisie académique? Cela est assez vraisemblable. Après leur mort, les rois d'Égypte subissaient un jugement dont la conséquence pouvait être le refus des honneurs de la sépulture. Le public n'attend pas de nous de telles rigueurs, et il nous permet d'enterrer nos morts sans les avoir soumis à toutes les formalités d'un procès. Il nous sait gré cependant lorsque, sans manquer à aucun égard et après avoir satisfait à toutes les convenances, nous trouvons le moyen d'exprimer, ne fût-ce que par quelques

____

(1) *Sagesse,* XIII-18.

paroles discrètes et contenues, ce que dans l'intime de la conscience nous pensons d'un homme ou d'une œuvre, d'un livre ou d'une vie.

Les notabilités politiques et littéraires auxquelles M. Mignet a consacré ses notices n'ont pas eu à se plaindre de lui. Il a mis en œuvre, pour les faire revivre, toutes les ressources de la plume la plus sûre d'elle-même et ces délicatesses du style à l'aide desquelles les maîtres excellent à faire comprendre ce qu'ils n'ont pu indiquer qu'à demimot, ou deviner ce qu'ils ont volontairement passé sous silence.

Parmi les hommes célèbres qui, accueillis, ou plutôt recueillis en 1832 dans l'Académie des sciences morales et politiques, eurent la bonne fortune d'être loués par M. Mignet, je citerai particulièrement :

Sieyès, prédestiné à écrire la première et la dernière scène du drame révolutionnaire, puisque, à dix ans de distance, il fut l'auteur du fameux pamphlet sur le tiers État, dont la seule épigraphe avait été l'arrêt de mort de l'ancien régime, et le rédacteur de ce projet de constitution de l'an VIII devenu si promptement le marchepied du trône impérial ;

Rœderer, procureur de la commune de Paris, dans la tragique journée du 10 août 1792 ; ce qui ne l'empêcha pas d'accepter plus tard de Napoléon le titre de comte ;

Merlin de Douai, un autre comte de l'Empire, et Lakanal, tous deux conventionnels et régicides ;

Daunou, qui en proie aux passions antireligieuses du temps, eut le tort de jeter sa robe de prêtre et le mérite

si rare d'avoir respecté sa conscience et la justice, en
refusant de voter la mort de Louis XVI ;

Enfin, Talleyrand, de tous les personnages politiques
des temps modernes le plus souple et le plus fécond en
expédients, celui dont la biographie équivaut à l'histoire
de tous les régimes qui se sont succédé en France de 1789
à 1830, puisqu'il n'en est pas un seul auquel il n'ait donné
son concours et qui n'ait servi d'échelon à sa prodigieuse
fortune.

C'est à propos de Lakanal que M. Mignet a complété et
rendu définitif le jugement déjà exprimé par lui en 1824
sur le vote des conventionnels régicides, « vote déplo-
« rable, disait-il le 2 mai 1857, qui frappa du même coup
« la vraie liberté avec la monarchie, et la justice avec le
« monarque : vote ingrat envers cette grande race des
« conquérants nationaux et des organisateurs popu-
« laires de la France, qui après lui avoir donné l'unité
« territoriale la plus forte, la législation civile la plus
« perfectionnée, lui reconnaissaient les droits politiques
« les plus étendus ; vote cruel et inhabile qui, par le
« meurtre royal, devait conduire à tant d'autres meurtres
« et livrer la Révolution ensanglantée à l'anarchie et au
despotisme. »

Du reste, en dépit ou à cause de ses sympathies pour les
Girondins, M. Mignet avait très bien mis en relief, dès
1824, la logique terrible à laquelle ont obéi les partis qui,
après le 21 janvier 1793, furent tour à tour et si rapidement proscripteurs et proscrits. Dans un récit d'une saisissante vigueur, on voit à l'œuvre « la puissance terrible
« qui dévora d'abord les ennemis de la Montagne, dévora

« ensuite la Montagne et finit par se dévorer elle-
« même » (1).

Ne dirait-on pas que le jeune historien avait dès lors vi-
sité ce temple d'Égypte où un des nôtres nous introduisait
naguère à la suite de Clément d'Alexandrie, pour nous
montrer au fond du sanctuaire, dans le nimbe d'or de l'apo-
théose, le monstre aux dents d'acier, aux appétits inassou-
vis, symbole trop fidèle des sectaires féroces divinisés par
la légende qui eussent aisément fait périr le genre humain,
s'ils n'avaient retourné contre eux-mêmes leur rage de
tout détruire (2).

Au lendemain du 9 thermidor, les Parisiens sortis de prison ou ceux qu'on n'avait pas eu le temps d'y jeter, regardaient aux vitrines des libraires une image qui exprimait
d'une façon saisissante cette loi des révolutions écrite
dans notre histoire en lettres de sang, et cependant si fa-
cilement oubliée.

Sur une guillotine entourée de plusieurs monceaux de
têtes : têtes de nobles, têtes de prêtres, têtes de bourgeois,
et même, en grand nombre, têtes d'artisans, le bourreau
tient encore d'une main la corde qu'il vient de tirer, tandis que sa tête tombe sous le couperet. Au bas de l'estampe
étaient écrits ces quatre vers :

> Admirez de Samson l'intelligence extrême,
> Sous le couteau fatal il a tout fait périr ;
> Dans cet affreux état que va-t-il devenir ?
> Il se guillotine lui même (3).

---

(1) *Histoire de la Révolution française*, II, page 30.
(2) Taine, *la Révolution*, t. III, Préface.
(3) Wallon. *Histoire du tribunal révolutionnaire*, tome VI.

Les travaux de votre prédécesseur sur le XVIe et le XVIIe siècle en France, en Suisse, en Espagne; son Mémoire sur la Germanie; son incomparable Introduction aux négociations relatives à la succession d'Espagne ont été si bien analysés par vous, Monsieur, que je puis me dispenser d'y revenir. Tout au plus me permettrai-je de dire que le procès de Marie Stuart n'a pas encore abouti à une sentence irréformable. Certes, il ne s'agit pas de contester ici la sagacité de l'enquête faite par M. Mignet. Mais il semble n'avoir pas eu entre les mains toutes les pièces de cette cause, une des plus célèbres dans les annales judiciaires de l'histoire. Depuis le pathétique ouvrage où il a raconté les infortunes de la jeune femme qui porta tour à tour les couronnes de France et d'Écosse, plusieurs écrivains protestants, faisant pour elle ce que les Voigt, les Ranke, les Hurter avaient fait pour les papes saint Grégoire VII et Innocent III, ont entrepris de scruter à nouveau les mystères de ce drame douloureux. Ils n'ont pas cru que les dissidences religieuses pussent jamais prescrire contre les revendications de la justice. La procédure se poursuit. Je ne crois manquer en rien à votre illustre prédécesseur en exprimant le vœu qu'elle aboutisse un jour à un verdict d'innocence et à une victorieuse réhabilitation (1).

Aussi bien, l'histoire qui entend demeurer fidèle à sa haute mission d'être, suivant la belle parole de Cicéron,

------

(1) Voir les travaux publiés sur Marie Stuart par M. Wiesener, ancien professeur d'histoire au lycée Louis-le-Grand, et par M. Jules Gauthier. L'ouvrage de ce dernier a été couronné par l'Académie française en 1872.

« l'institutrice de la vie humaine », *Historia, magistra vitæ,*
ne reconnaît qu'à Dieu seul le droit de prononcer des ju-
gements sans appel. Toute réclamation portée à son tribunal, au nom d'informations plus complètes ou de recherches
plus approfondies, est toujours assurée d'un accueil favo-
rable. Elle met sa gloire moins à ne jamais se tromper qu'à
redresser elle-même ses erreurs. Savoir avec plus d'exac-
titude pour enseigner avec plus d'autorité : voilà sa noble
ambition. C'est précisément celle, Monsieur, qui vous a
soutenu dans votre double carrière de professeur et d'écrivain. Vous lui êtes redevable de la récompense que l'Académie française vous a décernée en cette succession d'un
des plus grands historiens du XIXe siècle.

Tour à tour, élève, maître, et même pendant huit ans,
en votre qualité de ministre, grand maître de cette Université de France dont vous venez de parler avec une reconnaissance toute filiale et une sorte de paternel orgueil,
vous avez constamment dirigé vers le même but vos livres
et vos leçons.

Tout à l'heure, vous félicitiez M. Mignet d'avoir décliné
le périlleux honneur de devenir ministre pour demeurer
le serviteur invariablement fidèle de la Muse de l'histoire.
Dans une conduite différente , ne méritez-vous pas un semblable éloge ? Ce ne sont en effet ni les aventures ni les
fiévreuses compétitions de la politique qui ont mis entre
vos mains les destinées de l'enseignement public et vous
ont investi d'une autorité avec laquelle on peut faire
tant de bien ou tant de mal, suivant qu'on rattache l'éducation de la jeunesse aux principes de la morale éternelle,
ou qu'on l'abaisse à être l'instrument d'un parti. L'origine

de la haute confiance à laquelle vous avez rendu un touchant hommage, il faut la chercher dans l'exercice même de vos fonctions professorales et dans la compétence incontestée qui vous désignait, il y a vingt-deux ans, à l'attention du Prince dont vous avez été, dit-on, à plus d'un titre, le dévoué collaborateur.

Vos œuvres ont emprunté à votre enseignement un caractère encyclopédique; vous avez été l'historien du genre humain, depuis l'antiquité la plus reculée jusqu'à ces récentes épreuves de notre chère France résumées par vous en des pages émues auxquelles vous avez donné pour conclusion les vœux les plus patriotiques et les plus sages conseils. J'aime à les redire avec vous, Monsieur, afin que les applaudissements de cet intelligent auditoire les signalent de nouveau à l'attention de nos contemporains.

Après avoir raconté les désastres de la guerre étrangère en 1870, les crimes et les hontes de la guerre sociale en 1871, vous demandez « comment refaire l'âme de la patrie? » Voici votre réponse : « Par la pensée toujours « présente de ses humiliations et de ses douleurs, et aussi « par le ferme propos de former des hommes et des « citoyens en remettant virilement les choses à leur place : « le devoir au-dessus du droit, la responsabilité auprès de « la liberté, et partout la discipline, dans la famille, la cité « et l'État (1). » Plût à Dieu, Monsieur, que depuis quinze ans tous les Français eussent entendu, compris et mis en pratique ces solennels avertissements!

Ce serait une tâche au-dessus de mes forces de vous

---

(1) V. Duruy, *Hist. de France*, tome II, p. 712.

suivre dans l'immense carrière de l'histoire universelle.
Les vicissitudes des révolutions n'ont pu un seul instant
arrêter votre opiniâtre labeur. On dirait même qu'à
l'exemple de votre prédécesseur vous y avez trouvé le
secret d'une jeunesse dont les années ne sauraient avoir
raison.

Un peuple a eu vos prédilections visibles. Vous lui avez
consacré plus de quarante années de votre vie; vous an-
noncez même l'intention de revenir encore à cet immense
travail pour lui donner une perfection plus achevée. Je
puis vous appliquer la réflexion inspirée à Sainte-Beuve
par un des chefs-d'œuvre de Bossuet et dire aussi de vous
« que les Romains sont proprement votre triomphe historique ».

Archéologie, numismatique, science des inscriptions,
arts graphiques avec leurs nombreux procédés : vous
n'avez rien négligé pour rendre plus digne de son objet
un livre auquel, si je ne me trompe, vous avez confié vos
pensées les plus intimes et ce qui vous tient le plus au
cœur dans la philosophie de l'histoire.

Ne croyez pas, Monsieur, que je veuille prendre scan-
dale de votre enthousiasme pour les incomparables destinées de ce peuple sans égal dans le monde.

Sur ce point d'ailleurs vous avez d'illustres répondants.

Qui donc a parlé plus magnifiquement des Romains que
le professeur d'histoire dont je vois la statue placée derrière vous et qui estimait avec raison ne pouvoir mettre à
meilleure école le futur héritier de Charlemagne et de saint
Louis, d'Henri IV et de Louis XIV?

Elle est dans toutes les mémoires, et peut-être me l'avez-vous fait réciter au temps où j'avais l'honneur d'être votre élève, cette page digne de Tacite :

« De tous les peuples du monde, le plus fier et le plus
« hardi, mais tout ensemble le plus réglé dans ses conseils,
« le plus constant dans ses maximes, le plus avisé, le plus
« laborieux et enfin le plus patient a été le peuple romain.

« De tout cela s'est formée la meilleure milice et la po-
« litique la plus prévoyante, la plus ferme, la plus suivie
« qui fut jamais. »

Une autorité plus haute encore était invoquée par Bossuet : il citait à son royal élève le livre des Machabées et lui montrait nos saintes Écritures justifiant par les raisons les plus solides l'admiration dont les Romains seront toujours l'objet.

Cependant, Monsieur, les meilleurs sentiments ont besoin d'être contenus dans de justes limites, et de ce que, sans conteste, les Romains ont été la première nation du monde, ils ne doivent pas nous empêcher de voir des grandeurs d'un autre ordre et de leur assigner la place qui leur appartient dans l'histoire générale de la civilisation.

A force de vivre de la vie des Romains d'autrefois, vous avez pénétré si avant dans l'intelligence de leurs idées et de leurs mœurs ; vous vous êtes si bien rendu maître des plus secrets principes de leur puissance, que vous êtes, pour ainsi dire, devenu un d'eux ; oui, en vérité, et c'est ce qui fait l'intérêt souverain de votre livre, l'historien s'est identifié avec ses héros.

Vous les suivez dans leurs premières conquêtes sur les peuples du Latium et de l'Étrurie ; vous marchez avec leurs armées jusqu'aux Alpes et à l'Adriatique ; vous prenez part aux guerres puniques; vous siégez au sénat le jour où la sublime audace de son patriotisme met aux enchères le champ occupé par les Carthaginois vainqueurs. Comme un légionnaire intrépide, vous parcourez tout l'univers à la suite des Scipion, des Paul-Émile et de tant d'autres grands hommes dont les noms sont demeurés immortels, soldats de génie sur les champs de bataille, administrateurs incomparables après la conquête, merveilleux instruments aux mains de la Providence pour faire servir les révolutions de l'ancien monde à l'accomplissement de ses desseins. Au terme de votre course, une sorte de piété vous ferait redire volontiers la solennelle invocation adressée aux dieux tutélaires de Rome par l'auteur du chant séculaire : « Dieux immortels, donnez au « peuple de Romulus l'empire, une race nombreuse et « tous les genres de gloire » :

Romulæ genti date remque prolemque
Et decus omne.

Quand l'épopée gigantesque arrive à son terme, parce que l'espace manque aux aigles romaines; quand un conflit décisif éclate entre les institutions républicaines de la vieille cité et l'organisation d'un pouvoir plus fort, plus capable de sauvegarder l'unité d'une œuvre faite au prix des efforts, du génie, du sang de tant de générations, vous ne demeurez pas neutre. Vous prenez résolument parti pour César contre Pompée, et tout en jugeant Auguste avec sévérité, vous regardez le régime établi par lui sur les débris de l'ancienne constitution comme la condition nécessaire du maintien de « la paix romaine ».

C'est précisément ici qu'intervient dans l'histoire générale du monde l'événement dont cette paix avait été la préparation humaine et historique. Redisons avec Bossuet ces
deux phrases simples et grandes comme le tableau qu'elles
décrivent : « Victorieux par terre et par mer, Auguste
« ferme le temple de Janus. Tout l'univers vit en paix sous
« sa puissance et Jésus-Christ vient au monde. »

Mais il n'y vient pas seul ni pour un jour. Il est le fon-
dateur d'une société à laquelle il a promis des destinées
égales à la durée des siècles. A peine constituée, cette
société grandit en dépit de tous les obstacles, malgré toutes
les résistances. Vainement les Césars feront couler à flots
le sang des chrétiens. Ils devront bientôt céder leur Rome,
maîtresse et capitale des nations, aux successeurs du
pêcheur galiléen, maîtres des âmes.

Je touche, Monsieur, au point délicat du dissenti-
ment sur lequel j'ai le devoir de dire toute ma pensée. Vous
aimez trop la liberté des convictions pour être surpris de
me les entendre exprimer avec la simplicité de ces bateliers
juifs devenus les ouvriers de la plus grande révolution
dont les annales humaines aient gardé le souvenir. Mon
ambition (j'espère qu'elle n'est pas excessive) serait d'ob-
tenir un jour pour elles le double suffrage de votre conscience et de votre savoir, de les faire accepter par l'homme
et par l'historien.

A vos yeux, Monsieur, ces nouveaux venus ont eu le tort
de déranger l'harmonieuse économie de la société que les
ressources du génie antique avaient élevée à un si haut
degré de splendeur. Vous les blâmez ouvertement eux et
leurs disciples, non seulement « d'avoir enlevé leur éclat

« à l'art et aux lettres laïques », mais « d'avoir remplacé
« les joies du corps par les macérations; les préoccu-
« pations de la terre par l'amour du ciel ».

Selon vous « la doctrine nouvelle a interverti les pôles
« du monde moral. En montrant sans cesse la patrie cé-
« leste comme la seule véritable, elle a fait dédaigner celle
« d'ici-bas ; en changeant les croyances, elle a changé les
« devoirs; en remplaçant le légitime orgueil du citoyen
« par l'humilité du fidèle et en remplissant les âmes de
« dégoût pour les institutions nées des autels qu'elle
« voulait renverser, elle a précipité la décadence de la
« cité (1). »

Voilà, Monsieur, quelques-uns de vos griefs. Je dois
essayer d'y répondre.

Je pourrais d'abord, et trop aisément hélas! montrer
qu'il n'y a aucun profit pour la paix sociale à détacher les
hommes des perspectives de la vie future et à les renfermer
exclusivement dans les préoccupations et les convoitises de
ce monde. Je me rappelle avoir lu sur une tombe du
moyen âge une épitaphe latine où une belle et touchante
pensée se cachait sous une sorte de jeu de mots : « J'ai
voulu le ciel et non la terre. *Non solum, sed cælum.* » Aujour-
d'hui, au nom d'une logique inexorable, ceux qui travaillent, qui souffrent, et qui ne croient plus à rien retournent
cette parole. La menace aux lèvres, souvent les armes à la
main, ils disent : « Le ciel est vide, qu'on nous donne la
terre, et si on nous la refuse, nous la prendrons. *Non cælum,
sed solum.* »

---

(1) *H. des Romains,* IV, 512; V, 434 et 707; VII, 212.

Je veux aussi justifier l'Évangile d'avoir inspiré aux chrétiens le dédain de leurs droits et l'oubli de leurs devoirs
civiques.

Elle est nôtre, Monsieur, entièrement nôtre, la fière
revendication opposée par saint Paul à l'injustice et à la
honte d'un traitement arbitraire. « Vous voulez me faire
« flageller ; vous n'en avez pas le droit. Je suis né citoyen
« romain. »

Ce n'est point ici une parole isolée et sans conséquence.
Elle s'appuie sur un principe, elle a créé une tradition
dont tous les jours encore nous réclamons le bénéfice et
l'honneur. Loin de nous désintéresser des droits qui nous
sont communs avec nos concitoyens, nous ne nous lassons
pas d'y chercher notre plus sûre garantie contre les dénis
de justice et contre les lois d'exception ; heureux lorsque,
comme Paul, nous trouvons dans les représentants de l'autorité publique des hommes assez honnêtes pour respecter
en notre faiblesse l'inviolable majesté du droit, assez cou-
rageux pour ne pas la sacrifier aux exigences d'une lâche
et malsaine popularité.

Serions-nous moins soucieux de nous acquitter des obli-
gations qui nous lient envers notre patrie de la terre ?
Agir ainsi serait violer un des préceptes formels de l'Évangile. En effet, le maître que nous nous faisons gloire de
servir, nous a imposé le devoir rigoureux « de rendre à
« César ce qui appartient à César, et à Dieu ce qui appar-
« tient à Dieu ». Le même apôtre qui s'est réclamé avec
tant d'énergie du titre et des prérogatives de citoyen
romain rappelle à tous les chrétiens qu'ils sont obligés par
la conscience envers les puissances légitimes auxquelles

ils doivent payer la triple dette « du respect, du tribut
« et de l'impôt ».

Assurément, et nous n'avons garde de l'oublier, la piété
est le premier de nos devoirs. Mais cette piété bien enten-
due (je traduis presque textuellement saint Paul) ne con-
cerne pas seulement les promesses de la vie future, elle
contient encore en principe et en germe les avantages de
la vie présente, d'autant plus assurés à l'individu, à la famille, à la cité, aux nations, que les fils de l'Évangile seront
plus fidèles à chercher en tout et par-dessus tout le
royaume de Dieu et sa justice!

La justice! Il ne faut pas vous avoir beaucoup pra-
tiqué, Monsieur, pour être convaincu de la sincérité
avec laquelle vous souhaitez de la voir régner parmi les
hommes. Comment donc avez-vous pu être conduit à
reprendre la thèse de Gibbon? Pourquoi accuser si amè-
rement les chrétiens « d'avoir couché au sépulcre le génie
« de Rome (1) » ?

Ah! sans doute, elle était belle cette paix qui couron-
nait huit siècles de luttes et d'efforts! Elle était vraiment
admirable l'organisation politique de ce vaste empire qui
savait se faire obéir des nations les plus lointaines sans les
dépouiller de leurs libertés locales! Il était incomparable,
cet épanouissement de toutes les facultés de l'esprit humain auquel nous devons tant d'œuvres immortelles dans
les lettres et dans les arts!

Quand l'heure est venue où, sous l'empire de causes qui
dépassent de beaucoup la responsabilité des hommes, cet

---

(1) *Histoire des Romains*, VII, 503.

état social a subi la crise d'un suprême ébranlement,
l'émotion de votre cœur a troublé, comme malgré vous,
l'impartialité de votre esprit.

Voulez-vous, Monsieur, me permettre un rappro-
chement? Vous n'êtes pas Symmaque et je suis bien moins
encore saint Ambroise. Mais, dans toute la dernière partie
de votre histoire, on croirait entendre l'écho des doléan-
ces du préfet de Rome et de la requête présentée par lui
aux empereurs pour demander le rétablissement de l'autel
de la Victoire, au nom de la prospérité de l'Empire et de
la félicité du genre humain compromises par la nouvelle
religion. *Repetimus religionum statum qui Reipublicæ diu
profuit.*

L'évêque de Milan répondait à Symmaque, et vous trou-
verez bon que je vous réponde avec lui : « Il ne faut pas
« se laisser éblouir par l'éclat extérieur des choses et des
« paroles, et il importe d'examiner avec attention ce que
« recouvrent ces dehors si brillants (1). »

Et en vérité, sous ces grandeurs dignes d'une éternelle
mémoire, quelles lacunes effroyables! Que d'injustices
essentielles derrière cet incomparable faisceau de lois si
équitables! Que de désordres indescriptibles, dissimulés
par cette belle ordonnance à laquelle avaient concouru
toutes les puissances du génie d'un grand peuple!

Illustres, forts, heureux, ils l'ont été, je le veux, ces
triomphateurs qui montaient au Capitole, ces généraux qui
domptaient la barbarie, ces sénateurs et ces patriciens qui
applaudissaient aux harangues de Cicéron ou redisaient

---

(1) Saint Ambroise, *Lettre* 18ᵃ.

dans leurs fêtes les chants épicuriens d'Horace, enfin, et plus encore, ces sages qui firent asseoir sur le trône des Antonins les maximes de la plus noble philosophie.

Mais avec tout cela, Monsieur, pour redire la parole terrible d'un vieil auteur loyalement cité par vous, « ON AVAIT MAL A L'AME » (1).

Voilà ce qui explique l'irréparable incapacité de toutes ces splendeurs à donner aux hommes cette paix du dedans sans laquelle il n'y a de félicité véritable ni pour les individus ni pour les sociétés. Voilà en même temps ce qui justifie la mission providentielle de ces nouveaux venus, d'abord si mal accueillis parce qu'ils dérangeaient l'équilibre factice et commode des passions et des intérêts ; puis bientôt, non seulement compris, acceptés, admirés, mais imités et suivis jusqu'aux plus héroïques immolations, parce qu'eux seuls possédaient le secret d'adoucir ce mal intime des âmes dont la puissance et la gloire ne guérissent pas.

Pour clore ce débat, Monsieur, j'invoquerai deux témoignages dont l'autorité ne saurait vous être suspecte : celui de votre prédécesseur et le vôtre.

Dans son beau mémoire sur la Germanie, M. Mignet a résumé les titres du christianisme à l'admiration et à la reconnaissance des penseurs. N'est-il pas juste de saluer avec lui comme un bienfait pour le monde « la religion « qui se fonde sur le sacrifice; qui recommande le « dévouement; qui s'adresse aux sentiments les plus « purs, les plus nobles, les plus désintéressés » et dont

---

(1) *Hist. des Romains*, V, 785.

il faut dire qu'« elle est la fin exquise de l'humanité »?

Quant à vous, Monsieur, et ici, à ma grande joie, nous allons nous retrouver complètement d'accord; vous avez écrit ces deux lignes qui, à elles seules, suffisent à l'honneur du christianisme. « S'il a, dites-vous, fait d'aussi rapides « progrès, c'est qu'il a aimé les pauvres, et délivré les « fidèles des incertitudes de la mort (1). »

Ne sont-ce pas là des services de premier ordre?

Suivant Platon, qui répète une des maximes favorites de Socrate, apprendre aux hommes à mourir, c'est tout simplement les conduire aux sommets de la plus haute philosophie. Et Montaigne, auquel on ne reprochera pas des allures d'esprit trop mystiques, écrit à propos de la mort : « C'est à ce dernier jour que se doibvent toucher et « esprouver toutes les aultres actions de nostre vie : c'est « le maistre jour; c'est le jour juge de tous les aultres (2). »

Donner la science pratique du bien mourir, non seulement à quelques sages formés aux écoles en renom, mais aux simples, aux faibles, à des enfants comme Agnès, à des esclaves comme Blandine; panser les blessures des cœurs meurtris; créer dans un monde égoïste la passion et la contagion du dévouement; enseigner aux hommes l'art tout divin de se sacrifier pour consoler ceux qui pleurent, voilà ce que nos pères dans la foi ont fait au milieu des splendeurs sans miséricorde de la Rome impériale, et quand tout était conjuré pour écraser les misérables privés de toute consolation et de tout espoir.

(1) *Hist. des Romains*, **VII**, 344.
(2) *Essais*, l. Ier, ch. xix.

Dieu soit loué ! cette sève toujours féconde ne cesse de produire ses fruits parmi nous. J'en atteste ces prodiges d'héroïsme au service des souffrances d'autrui que la plume d'un de nos confrères faisait revivre naguère dans des récits sur lesquels ont coulé bien des larmes, et qui demeureront, à son insu peut-être, une des saisissantes apologies de la foi chrétienne au XIXe siècle (2).

Les détresses physiques ou les misères morales des hommes pouvaient fournir à Juvénal et à Martial la matière de leurs traits les plus acérés contre le faste et le luxe homicide des parvenus. Mais des satires ou des épigrammes ne donnent pas du pain aux affamés et ne relèvent pas ceux qui ont « mal à l'âme » parce qu'ils sont tombés dans des abîmes de dégradation et de douleur. Or, ce ministère de la miséricorde dont ne s'étaient jamais avisés les Césars avec leur puissance, les orateurs ou les poètes exquis du grand siècle, les philosophes les plus corrects, les jurisconsultes qui portèrent à leur perfection le bon sens et la justice appliqués à la science des lois, il est devenu partout, depuis deux mille ans, l'apanage et comme la raison d'être des chrétiens.

Il est vrai qu'ils n'ont pas écrit les odes d'Horace, ni rédigé les constitutions d'Ulpien, ni bâti le Capitole. Mais, outre que dans le seul domaine des lettres et des arts, ils n'ont rien à redouter d'un parallèle avec les anciens, ils n'ont pas cessé de compatir à ce pleur universel dont es hommes et les choses, tributaires du temps, alimentent le flot intarissable. En dotant le monde de la fille de charité

---

(2) Maxime Du Camp, *la Charité privée à Paris*.

et de la petite sœur des pauvres, ils ont, et au delà, payé la dette de la fraternité humaine et fait leur part dans l'œuvre générale de la civilisation et du progrès.

Quand vous retournerez à Rome, Monsieur, pour enrichir votre beau travail des plus récentes conquêtes de l'archéologie, et comme vous l'avez dit si honnêtement dans votre conclusion, pour l'« élargir » et le perfectionner, vous rencontrerez quelques-unes de ces infatigables messagères du dévouement et de la consolation. Simples plébéiennes ou patriciennes illustres que n'eussent pas désavouées les plus anciennes familles, la *gens Fabia* ou la *gens Sempronia,* elles vont aux détresses, aux misères, aux délaissements de ce pauvre monde et elles travaillent sans relâche à mettre dans les âmes et dans les sociétés une paix meilleure que « la paix augustale ».

Elles passeront près de vous, sous leur manteau de bure, au milieu des ruines imposantes qui, de Romulus à Théodose, redisent l'histoire de la vieille Rome, et elles achèveront de vous réconcilier, Monsieur, avec ces premiers disciples de l'Évangile dont elles continuent la tradition. Votre cœur généreux saluera en elles la charité qui, au nom d'une sagesse supérieure à la philosophie des Sénèque et des Marc-Aurèle, se donne jusqu'au sacrifice; et empruntant à la sibylle virgilienne le cri d'une religieuse émotion, vous direz avec nous : Dieu est là! *Deus, ecce Deus.*

Paris. — Typ. Firmin-Didot et Cie, impr. de l'Institut, rue Jacob,56. — 1311.

www.ingramcontent.com/pod-product-compliance
Lightning Source LLC
LaVergne TN
LVHW021810170726
843503LV00007B/3125